王旭烽 著

南屏晚钟

浙江文艺出版社

图书在版编目（CIP）数据

南屏晚钟 / 王旭烽著. —杭州：浙江文艺出版社，
2024.6

ISBN 978-7-5339-7570-8

Ⅰ.①南… Ⅱ.①王… Ⅲ.①中篇小说—小说集—中国—当代 Ⅳ.①I247.5

中国国家版本馆CIP数据核字（2024）第065479号

策划统筹	王晓乐	版式设计	徐然然	
责任编辑	汤明明	营销编辑	张恩惠	詹雯婷
责任校对	牟杨茜	数字编辑	姜梦冉	诸婧琦
责任印制	吴春娟			

南屏晚钟

王旭烽 著

出版	浙江文艺出版社
地址	杭州市环城北路177号
邮编	310006
电话	0571-85176953（总编办）
	0571-85152727（市场部）
制版	浙江新华图文制作有限公司
印刷	浙江新华印刷技术有限公司
开本	889毫米×1260毫米　1/64
字数	50千字
印张	2.625
版次	2024年6月第1版
印次	2024年6月第1次印刷
书号	ISBN 978-7-5339-7570-8
定价	29.80元

南屏晚钟　二我轩照相馆　摄于1911年

写在前面

　　1995年，我在浙江省文联工作，地点离西湖断桥很近。闻说断桥要断，赶去看时发现人群多挤在桥边担心，就想：断桥若真断了，许仙和白娘子怎么相会呢？因此触发了"西湖十景"第一部小说《断桥残雪》的创作动机。以后一年一部中篇，在双月刊文学杂志上发表，七部以后，开始两年一部，十三年后终于全部完成。

　　首先，这十部小说是十个爱情故事，红男

绿女，芳魂缭绕——《白蛇传》《梁祝》《李慧娘》，本来在西湖边发生的故事几乎就都是关于爱情的；其次，我企图在每部小说背后呈现一个杭州的文化符号，是看得见、摸得着的人文载体，比如荷花、古琴、金鱼、经卷、景观、花叶、印刻、书法、美术、工艺、戏剧等。最后，仅仅有文化事象不行，还要有哲理思考。比如《断桥残雪》里有关等待的意义；《平湖秋月》中当代社会精神与物质世界的审美对立，等等，它们通过十景中的意境一一传递。比如《三潭印月》，只有当你看出圆月是一滴饱满的、金黄色的、温暖的眼泪时，你的西湖边的人性解读方告开始。

十多年过去，小说曾经在高校成为线下课

程，也成为线上网课，被制成录像，也曾录成音频，拍成电影，成为行为艺术、实验文本。小说曾经作为整部形态问世，后又作为分册出版。我的朋友，曾任《江南》杂志主编的袁敏，作为被出版界盛赞的金牌编辑，提出这十部中篇应该构成分册型的整体，小巧而精致，知性且优雅，对她的观点我深以为然，且将其作为"西湖梦想"之一。

浙江文艺出版社的青年姑娘编辑们，终于编撰完成了一串美丽花环般的文字。果然就是部梦想读物，仿佛轻奢的生活艺术品，封面、册页背后、底下、上面及周边的无形与有形的文字花朵，如湖边的二月兰一般，突然就绕着故事草长莺飞，喧哗起来。于是，这些书册读物藤蔓一般地延展开去，小精灵一样地从书房间、地铁里、休闲吧中探出头来，参与着今天的杭州往事、西湖传说。

从故事里叠出故事的"西湖十景"，让我恍惚地想：她究竟是我写的故事，还是从我写的故事里生出来的故事呢……

王旭烽　2024年4月28日

目 录

南屏晚钟

花港观鱼

鱼沼沿秋雪

三潭印月

小有天园

玉皇山

云栖岭

南屏岭

净慈寺

一

你得知道，期待钟声敲响是怎样的惶恐，没有什么比在傍晚时等候它的余音更使我不安，此时，恍若站在大地尽头的边缘，等待掉下去的那个瞬间——

每天傍晚，父亲出现了，手里拿着旧版的《武林坊巷志》，在门前人行道上来来回回走，

佛教圣地净慈寺

净慈寺又称净寺，享有"北有灵隐，南有净慈"的美誉。庞学铨在《品味西湖三十景》中提到，历代文人都被净慈寺吸引，他们或在寺院谈禅吟咏，或在近旁筑室隐居，明代文人袁宏道也曾寓居于寺，撰文读书。

既心不在焉又似专心致志，直到钟声响起。

母亲也在同一时刻出现，疲劳的、饶舌的、有着小市民性情的、南方的小巷中走来的，拎着一只小菜篮子的中年女人。她那盼望出现一个白马王子女婿的目光，几乎比我还要焦灼。然而晚钟对她并无青睐，这个城市里像母亲那样的女人多如牛毛，她在十年的等待中老去了。她那手提一束葱把，在斜阳中翘首的形象使我寝食难安。母亲，为了你的担忧，我一定要尽快地把自己嫁出去。

我的家，就在离南山不远的清波门外，几里路远，是当年狂僧济颠出家的净寺。现在你应该明白我为什么习惯了在傍晚时分听到晚钟，

清波门 [美]西德尼·甘博 摄于1917—1919年间

清波门是杭州十大古城门之一,位于西湖的东南边。它也是文人墨客寓居之地,撰写了《武林旧事》的周密就曾在此居住。

我们的这个城市，东南佛国，三吴都会，那108下钟声，从吴越国传来，非同寻常。

将近一年的时间了，差不多总是在最后一下钟声结束，伴随余音，自行车铃的声音便在我家的小院子里停住。我的父亲就进门，放下手中的线装本，说："紫鸽，弓藏来了。"

弓藏是我的未婚夫。我还没下决心和他登记，但我们的确已在装修新房，成为新娘子的日子已指日可待。

我本来以为，某种特定的钟声一定会为我而鸣，一个人一生至少应该享受一次属于自己的钟声。可这战战兢兢的如意算盘到底还是没有打成，我想这原因完全应该归功于我自己。什么样的生活向我走来，我还要向什么样的生活走去。总之这一次弓藏是无声无息地出现在我面前的，父亲的《武林坊巷志》在一尺之外为他引路。

他干净得就像从东南亚旅游回来的人形容的新加坡，卫生得就像是一座医院。他幽默，得体；上知天文，下知地理；彬彬有礼，然后君子。他对我情深意长，分寸有度。他有钱，又不是太有钱；他美好，又不是完美；我想发现他的弱点，但我发现不了。他像地球被大气层浓浓包裹，有一次他为了替我买到一块我想要的手帕，带着我走遍杭城。我说，算了吧，我就不要那块蓝底白花的手帕了。他那略微丰腴的面颊微笑着，再找一找，再找一找。我们找了整整一天，找到了。瞧，他是一个多么有毅力的男人，我都不好意思说我累得已经恨透了这块手帕。

在他面前，我总是自愧不如。我纯洁地向他微笑，但我的灵魂被他的自信衬出了污点。他肯定不是我的另一半，可我想还是嫁给他吧。

母亲是有些微词的：一是嫌弓藏在文化单位工作，没钱没地位；二是嫌弓藏岁数大了一些，都三十五岁出头了。但母亲的非议遭到了父亲的迎头痛击："你以为招女婿是招什么，那是招一户人家。你听听小伙子的名字。弓藏：飞鸟尽，良弓藏；狡兔死，走狗烹。两千年的这点东西都放在名字里头了，没有读过几本书的人家，没有一点对世事的洞明，哪里会有这份才思。实话告诉你，弓藏的阿爸，便是三十

杭州的旧书业

　　民国时期，杭州的旧书业极负盛名。褚树青在《民国杭州旧书业》中提到，民国前期旧书店主要分布在梅花碑、清河坊、花市路三处。著名的有文元堂书店、古欢堂书店、问经堂书店等。中后期则主要散布在福缘路、新民路、湖滨、延龄路等路段。著名的有抱经堂书店、文汇堂书店、松泉阁书店等。

年前从六层楼上跳下来的那个梁琴斋，开过古籍书店的梁老板。"

我知道母亲是怎么想的：从前开过古籍书店有什么好讲，又不是从前开过银行。你这当爹的迂腐之人，自己卖了一辈子旧书，还想把女儿也嫁到面孔蜡黄的故纸堆里去。母亲是当过小学老师的，知道这些话说出来不雅，便来征求我的意见，说弓藏年纪那么大还不结婚行为可疑。我心想，一个连买块手帕都要走遍天下的人，怎么可能在选老婆的问题上不蹉跎岁月呢？

可是我不会这样说的，我说："能过就行了。"

当母亲的想，女儿被那三年高考弄出毛病

武林坊巷志

　　《武林坊巷志》是清代学者丁丙耗费数十年编纂的都市志，记载了南宋至清末杭州城内街坊巷弄的历史沿革与人文轶事。其书体例模仿康熙年间的《杭州府志》，内容翔实，资料丰富，所摘引的文献多达1600多种。读者可通过这本书探寻杭城的前世今生。

来了。大学没考上，倒考出个无名症，多少年也没法子像常人那样地上班。出去一个月回来半个月，问她得了什么要命的病，只是说外面闹得很，心一慌，头就痛，不如在家找个活干。一天到晚地缩在家里，除了摆弄摆弄电脑，哪里也不去了。真是青春易逝，红颜不堪摧，竟也长到了二十七八岁的年纪，空辜负了一张西施面孔。算了，命吧。心气原本很旺的母亲，见了淡如秋水的女儿，只好退一步海阔天空了。

男大当婚，女大当嫁，准备成亲，就成了我们目前的主要生活内容。多少人就是这样过的一生，难道我还会有什么例外。

瞧，现在我真的要说到例外了，它恰好就

『南屏晚钟』还是『南屏晓钟』？

"南屏晚钟"是"西湖十景"之一。康熙南巡时，因天将破晓，"夜方气清，万籁俱寂，钟声乍起，响入云霄，致足发人深省也"，为其题字时将"晚钟"改成"晓钟"，但民间仍以"晚钟"相传。民国时期，碑亭因修建马路被毁，其后重建的碑亭虽拓刻了康熙的笔记，但仍将其命名为"南屏晚钟"。

发生在夏天——仲夏夜之梦——那种书上所写的、诗歌里所形容的时空。

原本，弓藏是要陪我上街买窗帘去的，他回来时我却听出来，院子里停的不是他那辆自行车。从窗口探头，我看到弓藏身后的男人。

弓藏穿的是一套双绉浅灰衣裤，足蹬丝袜皮凉鞋，要不是头戴一顶时下流行的太阳帽，看上去十足就是一个遗少。一进门他就对我说："到你房里去吧，我们吃过了，喝的冰啤酒。"

我看到了那个人，他背影微驼。正在锁自行车，然后他进来了，弓藏说："这是单位的同事，有事要求你呢。"

我俩目光相触的时候彼此都愣了一下——然后他便脱了戴在头上的草帽，用系带套在脖子上。恰在此时，钟声响了起来，吓了我一跳——它竟在这时候才响，我以为我们对话的时候，钟声一直响个不停。

黑瘦男子，中等个，风尘仆仆，神情活像从远古中隐现的异人。他的目光总像是努力地凝视着什么，而那被凝视的，到头来却好像并不属于他，因此他总有一种白辛苦一场的疲倦，目光的底色便衬出了黯淡。

他说话的语调也与众不同，重复着，回旋着，叹息着，自言自语着，像咏叹调。

"尹君，尹君，尹君……"他呢喃着。

弓藏连忙说："他叫尹君，我们单位的。他有份东西，想请你帮忙打出来。"

"帮忙，帮忙，帮忙……"我的房间里有空调，他的额角却冒着汗。

"哦，先看看。"我回答。

"是份请调报告书。"弓藏解释。

生活中总是会有弓藏这样的人，身怀绝技般地把握生活，胸膛里一片茂密的竹林茁壮成长。他招呼着尹君坐下，给他倒了一杯凉水，说："非得闹成那样，就为了这么一点小事。"

这个名叫尹君的人，眼前立刻就没有了我，杯子都到了唇边，又放了回去。"怎么是小事呢，怎么是小事？他叫我去守大门管传达室。这个文盲，他竟叫我去守大门，他竟敢……"

真可怜，"他竟敢，他竟敢的"，说来说去就这么几个字，难道这辈子他就没有被人欺侮

南屏晚钟的前世今生

　　净慈寺初建时就设有钟楼，明代因嫌原钟太小，又建巨钟。其声雄浑磅礴，使净慈寺远近闻名。但因连年战争，钟声一度沉寂。现在的钟楼位于金刚殿西侧，其钟为1984年日本曹洞宗大本山永平寺捐赠，杭州制氧机厂铸造。1986年，钟声敲响，标志着绝响百年的"南屏晚钟"的新生。

过？可是我明白他为什么这样说——一些对普通人而言微小的事情对这种人恰是重大事件。

弓藏连忙又叫他喝水，然后才说："他让你去你就去了？你看我，我去守过一回大门吗？"

于是他郑重地摇着头，像一个受过深重迫害的人一样打量着弓藏，他的天真肯定会让弓藏在骨子里看不起他。

"你没发现，他真是个坏人吗？"他认真地问。

我看到弓藏几乎是忍着笑在朝他摇头。

"人不都是差不多的一种东西吗？比如你我，在别人眼里未必就是好人……好好好，我说的不是你，就算你是好人，我可不这样看自己。有句话叫'我是流氓我怕谁'，这句话真是好，一句顶一万句。我就对主任说：'你可不能叫我看大门，因为我是个坏人，头顶生疮，脚底化脓，屁股上生疔。我会监守自盗，你对我放得下心，我对我自己还放不下心。明天库房里善本少了，我是要栽赃祸害你主任的。'他一听，急转背筋就跑，洋枪都打他不着了。"

弓藏一向洒脱风趣，尹君头上却急出汗来："你是你，你是嬉笑怒骂皆成文章。我不行的，我不行的……我是一个严肃的人，我不是流氓，我谁都怕。我想通了，想通了，我惹不起他，难道我还躲不起他？"

我注意到了弓藏特别的神情，表面漫不经心，实则意味深长。"那你就不再过问经卷的事情了？"

尹君盯着弓藏，半晌，叹口气，往空中抓了一把，然后伸开大大薄薄的手掌，说："你看到了什么？"他突然盯住了我。

　　我吓了一跳，连忙摇头。他垂头丧气地放下了手，说："都是细菌，都是细菌，你们却看不到，我也抓不到。你也知道，我也知道，经卷就是让这坏人盗走了。国家就坏在这种人手里，细菌，癌细胞！国家就是坏在这种人手里，没办法，没办法，我要逃！"他突然提高了声音，理直气壮地宣布，"我总不能死在癌细胞手里，是不是？"他又仿佛有点理亏地看着我们。见我们两人都没有搭话，气便又泄了下去，有些不好意思地朝我点点头："帮忙，帮忙。不长的，没多少字的。"说着就递过来一张纸。

南屏晚钟

[清] 爱新觉罗·弘历

净慈掩映对南屏，
断续蒲牢入夜声。
却忆姑苏城外泊，
寒山听得正三更。

我接过纸来时很是吃了一惊，这个叫尹君的人，一手钢笔字写得实在不错，泠泠有金石之气。再抬头，才仔细地看清楚了这位将拂袖而去的怪人。人虽黑瘦，眉目倒也清秀，左眉间还藏一粒痣，不仔细看是看不出来的。他上身穿一件短袖横条子的套衫，下身是一条质地很厚的灰裤，一看就是从春穿到夏的。最怪的还是套了一双拖鞋，浑身上下不配套。我看不出这个叫尹君的人到底有多大年纪，但弓藏和他一比，就比出精气神来了。

这份请调报告和他刚才那种下决心准备一走了之的胆小劲儿相反，写得倒像是一份最后通牒。

上级有关领导部门：

　　我，尹君，工作人员，要求调离本单位。调离原因只有一个，本筹建处主任严首伦持续对本人进行打击报复，致使本人无法在现有单位进行正常的学术研究工作。他进行了一系列污辱本人人格的行为。本人到无锡进行学术交流活动，他竟派人暗中跟踪我的行动，并以旷工为由，扣除我该月的工资；本人在对善本的寻访过程中，所访之珍品，本欲以合理价格买下，严首伦却诬陷本人假公济私，致使煮熟鸭子飞走，是可忍，孰不可忍！

　　事发后不久，他又杀回马枪，以高出于我之公家价格私自买下，正欲脱手时被本人发现并当场揭穿该阴谋。严首伦怀恨在心，必置本人于死地而后快，近日竟想把本人发配至大门管传达室。其人胸无点墨，性情粗暴，连明版木刻画都不识得，竟以为是儿童连环画要处理掉。我文化单位文明之地，被他日日咆哮，受聘者多人不堪其人粗野，无奈四散。

目前收来各朝代善本，堆积在库房，风吹日晒，他连玻璃窗碎了也不肯修复，却挪用国家拨下修复善本的资金，在城郊买下三室一厅住房，还说是正当工作需要。对严首伦的所作所为，我曾多次向领导反映，均无回应。既已回天无力，只得请辞调离。

申请人：尹君

木刻版画

木刻版画发源于我国，在古代往往用来印制插图、年画、笺谱、画谱等，被誉为「再创造的艺术」。到了明代，木刻版画大多发展为双面，一故事对应一版画。这些版画增加了故事的连续性，让情节变得栩栩如生，展现了明代的审美文化与观念。最具代表性的是汪耕作画，黄应组刻的《人镜阳秋》版画。

"怎么样?"尹君看我读完原稿,问,"能看清楚吗?"

我犹豫了一下才说:"不太像请调报告。"

"像控告信?"他说完就不好意思地笑了,"我没法不这样写,写着写着,就骂起人来。我没法子不骂人。"

"你啊,什么'是可忍,孰不可忍',什么'必置本人于死地而后快'!"

"我还嫌不过瘾呢,我宁愿过把瘾就死的。"

"好了好了,你这个筒儿将军,在我这里倒是叫得响,一到严首伦那里,还不是头颈一缩当乌龟。走吧走吧,你这点套路我有数。我给你弄出来就是了。不过说好了,我老婆辛苦一场,不要明天来了你又不作数了。"弓藏一边往外推他一边说。

我也看出来了，弓藏对这位来客说不上有多少尊敬。尹君被他一边推着往外走，一边回过头来说："不会的不会的，君子一言，驷马难追的。"

"海马屁打乱仗，你这种翻来覆去的事情我还见识得少啊，你只能骗骗我老婆这样的无知少女罢了。再会再会，半夜里改主意别忘了打电话给我。"

弓藏进得屋时，我已经坐在电脑旁打起字来了。此时天光已暗，夏夜也本是很撩人欲念的。我把我的那一头略黄的软发盘起，后颈上挂下了几根贴在肤上。弓藏就从我背后搂过双手，抱住了我。

我累了，但两只手仍在不停地敲着键盘。弓藏怔了一会，收回手去问："你，怎么了？"

　　我就这样持续不停地打了一会儿，才问："你们单位里，真有一个叫严首伦的？"

　　"有啊，是我们藏书楼的筹建处主任。"

　　"真有尹君说的那么坏？"

　　"不清楚。"弓藏说，"可能好一些，可能更坏。现在的人，全搞糊涂了。"

　　"这个叫尹君的，说的是真话？"

　　"尹夫子做人倒是半句谎话也没有的。但这种社会，一句假话不说怎么行？所以人人都不要听他说话。我们单位里还是我最耐心，还能听他两句。不晓得的人，都当他脑髓搭牢。"

　　"我怎么没有觉得？"我停住了手，问。

［明］闵齐伋　《西厢记》版画　张生跳墙与莺莺相会

此图选自明末出版家闵齐伋编制的《西厢记》版画。
此版画构思奇特，技法纯熟，标志着明代版画达到
巅峰，是中国版画史上的重要作品。

"你待在家里，不知这个世道发生了什么。现在是假作真时真亦假，跟《红楼梦》一样的。有谁像这个尹君，样样事情要争出一个真来，弄出一副救世的姿态来当英雄。好了，不说这些了，我还得去看房子。那几个装修工人，不看住他们，哪怕偷两块砖头他们也高兴的。"

"那个严首伦，真的偷买下了什么宝贝？"

弓藏盯住我，打了一个哈欠，说："怎么啦，你真的把它当回事了？"

我没有吭声。弓藏看我不再追问，便上来要和我做一番小别的温存，但被我的一只手挡掉了。弓藏便有点自嘲地说："你看看，我这样的人也害在多管闲事上了。我是看在尹君这个人虽背时，倒还是性情中人，做人做到今天，连老婆孩子也做给了人家，罪过！他求我这点小事，我便应了。没想到你倒当回事情来了。这又何必呢？"

我想弓藏这人真是好，不在乎我的那种没来由的脾气。有时这种脾气会一下子笼罩我，叫我绝望。我真是不能够再这样绝望下去了，所以我说："我也是太认真了。好了，不说这些了。你就走吧，当心人家偷你两块砖头。"说着就主动挨过脸去，在弓藏那张保养得极好的、胡子剃得光光的面颊上靠了一靠。

弓藏便也笑了，拍拍我的后颈说："那两块砖头也是你的。"走到门口又说："今天辛苦你打出来，明天说不定他又要变卦，你可不要奇怪。"看我一副弄不懂的样子，又说："你见的人实在是少，以为有正义感的人个个是英雄。像我们这位尹夫子，又是个正义者，又是个胆小鬼，从前不知这样闹出多少纠纷，得罪多少朋友，要不然怎么会弄到今天这样一个孤家寡人的下场。"

那天晚上我睡不着，想弓藏这个人真怪，都跟我说些什么呀，什么两块砖头，他还以为我看不出这是在哄我吗？

二

　　第二天暮色四合时，我走到院子外面去了。院子隔着一条马路，面对西湖。白天人多，柏油路被晒得像一条泛着银光的软带子。我不怎么喜欢这样的白天的西湖。过于明媚的东西总是透着一层不真实，过于爽朗的东西也一样。

　　那晚尹君没来。一开始我哪里也没敢去，

回到家中就一直待在屋里，坚持到把一部胡编乱扯的电视连续剧全部看完。到最后，我都几乎被自己弄得生起气来，再不愿在家待着，才出了门。

夏夜的西湖边，人多，我穿着一双拖鞋，手里拿着一把王星记的檀香扇，在马路边刚刚站住，就看见不远处的路灯下站着一个人，是尹君。

尹君也看到我了，他走过来的样子有点儿跌跌撞撞，两只手还插在裤子口袋里，不停地点头哈腰："对不起，对不起，我来迟了……我该叫你什么？弓藏叫你紫鸽，我也可以这样叫你吗？"

我摇摇手说："没关系，夏天嘛，现在也不

灵隐寺领诵佛经的和尚　［美］西德尼·甘博

摄于 1917—1919 年间

算晚。东西在家里，我去取来，或者……"

"不不不，对不起，让你久等。不过我六点钟就到这里了。我一直在这里犹豫，我一直犹豫，我是去拿呢，还是不去拿呢?"

我笑了："这点小事还犹豫，你是哈姆雷特啊?"

尹君眼光突然亮了："你也知道哈姆雷特?"

"你以为我是个文盲?"我想起了我曾经有过的高考生涯，一种突然的无聊就袭了上来。

尹君声音都高了起来："对不起，对不起。"

"你的对不起也太多了。"我抬起了头，我想我的眼睛里应该有笑意。

我的和缓使尹君松弛了下来，他说："不过你得理解我的惊讶。现在有多少人知道哈姆雷特？我们那个严头，你倒是问问他看，他连苏轼是谁都不知道。我告诉他苏轼就是苏东坡，他还对我大发脾气，苏东坡就苏东坡好了，还什么'干'呀'湿'的。"

说到这里我们两人都笑了起来，我说："好了，这下交了请调报告，你就再也不用见到那张脸了。"

尹君就不安起来，又开始说："对不起，对不起，我让你白忙了一阵。当然，我也可以不告诉你，我已经决定暂时不走了。可是我想，弓藏迟早会告诉你的，这样我就会在你面前丧失了我的人格。我不愿意一个帮助了我的人有一种被捉弄的感觉。"

我惊讶得睁大了眼睛："你在说什么，就为

这点人格，从六点钟站到现在？"

尹君也睁大了眼睛："我的确是下定了决心要走的。我有个同学，在深圳已经发了。他说了，我一过去就是他的经理助理。"

我没再搭腔，尹君就又不安起来："今天我们头儿把我叫去了。我说的不是严头，是我们严头的上头。他说目前的工作，离开了我是不行的，非我莫属。有些事情，还有待于查核，他不能没有一个人可以依靠。"

他有些小得意又有些踌躇地看了我一眼，见我还没有不耐烦的意思，便说："我们的藏书楼，早晚要开。虽然还在筹建，但是说明书得先制作起来。要策划，还要配文，还要拍照，还要去印刷，没一个懂行的不行。"

雷峰塔及净慈寺的和尚　[美]西德尼·甘博
摄于1917—1919年间

我突然觉得他十分可笑。他一定也看出我的神情来了，又不安起来，说："弓藏当然懂行，不过不可能叫他具体操作，你说是不是？他这样的人，把把关就是了。藏书楼叫弓藏这样的人来筹建，十个也建起来了。他是不在其位，不谋其职的，江湖上逍遥客，江湖上逍遥客，我对他不作要求，我对他不作要求……"

我说："其实你真走也没关系，你把人都想得太好了。"

我们两个，就这样不知不觉地朝净寺方向走出很远。我边走边说："高考第一年，我的同桌忌妒我和班长的关系好。班长是个男同学。高考时我的同桌事先在我的饮料里放了安眠药，结果在考场上……后来通知书一直就没发下来，家里的人都以为我没考好。我不服气，想第二年再考给他们看看，可是，第二年，发生了一些事情，再怎么考也考不上了。一上考场我就恶心。"

"就这些?"尹君问。

"难道还会有什么?"我有些惊讶地问。

"应该还会有更多的。我们看到的东西，永远只是冰山的一角。"

这个人还行，他能看到许多东西。我说："再后来，班长就和我的同桌结婚了，他们上的是同一所大学。在这件事情以前，我从来也没有想到过人是这样一种动物。我和同桌从幼儿园开始就是朋友，我们曾经好得跟一个人一样。我一直以为自己对别人有多么重要，非我莫属，结果呢……"我在暗夜中摊摊手，我开始陷入沉默。

　　这时，我们已经来到了净寺的大门口。这里还算安静，但佛门的静，到底是带着一种无言的戒意的。我才意识到我们两个竟走出这么远了，和弓藏一起散步从来也没有到这么晚过。弓藏提防着夜，以为那是奸人出没的世界。我想提醒尹君该回去了，尹君却沉浸在他自己的世界中。我便掉头往回走，尹君也跟着往回走。他一直也没有停下他的话："你没去揭发他们吗？没有。这说明你是一个宿命论者。一个善良的人往往会是一个宿命论者，也许这和你住在这里有关。昨天我到你家来，听到钟声在响，就有一种预感。可我不是一个宿命论者，我从来也不相信命运。现在的人爱看手相，看面相，

病中独游净慈谒本长老周长官

以诗见寄仍邀游灵隐因次韵答之

〔宋〕苏轼

卧闻禅老入南山，净扫清风五百间。

我与世疏宜独往，君缘诗好不容攀。

自知乐事年年减，难得高人日日闲。

欲问云公觅心地，要知何处是无还。

我从来也不看。请原谅，让你白辛苦一场，我决定不走了，我要和严首伦继续战斗下去，我一定要他把东西拿出来。我已经了解过了，东西还没有出境，还在那个日本人手里……一个人不能老是听到钟声乱敲，因为生命本来是有它自己的钟声的。"

"你是说那个什么经卷吗？"

"是的。"

"弓藏知道这件事情吗？"

他突然停住了，看着我，他的目光里全部都是苦恼："我们这个单位里的事情，没有一件不是在弓藏眼睛里的。"

"他不是江湖上的逍遥客吗？"

"这是一种生存方式，就像你选择了与世界

隔离，可这不能说明世界，你明白吗？"

"我没让你评价我。"我很吃惊，他竟然知道我想和世界隔离。

"好吧，说实话，我没法在你面前评价弓藏。我不知道这事到底和他有什么关系，我也看不清楚他。你刚才说他是逍遥客，如果他真是就好了。你以为呢？你应该比我更加了解他，你不是马上就要嫁给他了吗？"

我很小心地看了看他。昨天他还说他想通了，他要逃，他不能死在癌细胞手里！此刻他却突然朝我很凄迷憔人地一笑。我恍惚起来，周围的世界消失了，我只听到一个声音，像布道一样绵绵不绝："你告诉了我一个有关背叛的故事，这是我们这个时代最值得深入研究的一个命题——背叛成了一种普遍现象，人们甚至从道德上已经肯定了它存在，存在的就是合理的，所以背叛是合理的。我是否也可以讲一个有关背叛的往事给你听，那可是有关一个王朝的，而且就发生在这里，净寺。它也是和一个女人有关的。你看，一旦背叛和女人连在一起，这种事件本身就有了一层奇谲的邪色。怎么样，你愿意听吗?"

"……"

"南宋在杭州建都以后几代，轮到宋宁宗为帝了。他的亲生儿子都死了，只得选了宗室中的赵竑为太子。当时的宰相是明州鄞县人，叫史弥远。太子不满他专权，他就找了一个除掉太子的突破口。他打探到太子喜好鼓琴，也就

送南屏谦师

[宋] 苏轼

道人晓出南屏山，来试点茶三昧手。
忽惊午盏兔毛斑，打作春瓮鹅儿酒。
天台乳花世不见，玉川风腋今安有。
先生有意续茶经，会使老谦名不朽。

是爱美的东西。一个帝王爱美，总是一件很致命的事情，因为艺术和女人——不——我是说和美女总是连在一起，而美女又总是和亡国连在一起。于是这个史弥远就找了一个吹拉弹唱无所不能的美女献给太子。太子以为从此得到了红颜知己。他每次练字，就当着那美女的面写：'弥远当决配八千里。'看着南宋的地图，他对那美女说：'我下次一定把史弥远发配到朱崖州去。'啊，朱崖州就是现在的海南岛。嗯，海南岛！那个美女呢，把这些话一字不落地告诉了史弥远。史弥远急了，就在这里，我是说就在这净寺里，开了一个会，商定谋废太子。"他突然站住了，然后用高八度的声音说，"对不起，对不起。"

净慈寺的高僧墓塔　[美]西德尼·甘博
摄于 1917—1919 年间

我这才发现我们已经走到家门口，而弓藏则推着一辆自行车，正看着我们。

"我忘了……时间……"

弓藏看着我们两个人，按了一下车铃："我看你啊，是忘了别的什么了。"

尹君急得几乎没有和我再打招呼，跨上自行车就走，边骑边说："明天见，明天见。"路上已没有一个人，他骑在车上，一条长长的倒影东倒西歪，像一个心慌意乱的流浪汉。

我记得那天晚上弓藏没有对我擅自与别的男人黑夜散步评价什么，直到临走时才说："最近我可能要忙一些，要搞说明书。"

我有些迷惑："不是说让尹君来搞吗？"

"严首伦不放心，上回尹君把雷峰塔假经卷

看成真的，非买下来不可，是我告诉严首伦那是假的。后来一个日本人上当拿去了，他就一口咬定是严首伦里通外国，这个人脑子真的有毛病!"

"他也是受过专业训练的人啊。"

弓藏声音粗了起来："他懂还是我懂?"

"那你昨天怎么不说?"

"非得说吗?"

我想了一想，背脊凉了起来："我明白你为什么让我给他打请调报告了。"

"为什么?"

"你想让他走。"

弓藏看着我笑了起来："真麻烦，你和尹君一样，真麻烦。"

三

　　弓藏果然就忙了起来，他常跑到下面的县去收古籍，新房也暂停了装修。报纸上也不时地出现有关他们的藏书楼的报道。有一段时间没有尹君的消息了，有时我很想问问弓藏，又觉得这个人是不可问的。直到有一天，弓藏和我到新房去看装修的情况。

南屏晚鐘

房子基本装修完工了，弓藏把这里布置得很有雅趣。"怎么样?"他问我。我真是觉得好极了，一种深深的此生有靠的感激。弓藏突然拥住了我:"你好久没那么笑过了。"

我打着手说:"别闹，别闹，当心有人。"

"这房子就只配你这样笑起来的女人住。"

"你认定我可怜?"

"是楚楚可怜。像你这样的女人，没人保护可不行，没人保护，你可就是头迷失的羔羊。"他用一种从未有过的神情审视着我。

"你经历过许多女人吧?"我内心发虚了。

"是啊，"弓藏一点也不掩饰，"我经历得越多，我就越怕她们，我就越觉得她们一个个都是随时准备背叛我的人。我怕她们。"

"你不怕我。"

"我不怕你。我非常了解你，你没什么可怕的，因为你就在我的掌心里，我就要这样的一种感觉。凡是我喜欢的东西，我就要把它们放在我的掌心里。"

弓藏的话使我不安。我摇着头，弓藏笑了，说不要刨根究底，也不要懂得太多，这样就足够了。他这样说着，眼睛就盯住了旁边，然后拿起床头一张旧报纸，坐到一边去，说："奇怪，怎么会是我呢?"

我探过头去一看，那是一张图片新闻，说的是弓藏他们的那个藏书楼筹建处在领导的带领下，正在积极地整理古籍，而且开放在即了。

弓藏指着照片上形象最突出的那个人说：

"这个就是严首伦。你看他后面的那个是谁?"

我看了好一会儿,才说:"你的脸,尹君的身子。"

弓藏闷着头看,看了一会儿才说:"你怎么把那姓尹的记得那么清楚?"

"他不是穿着横条子短袖吗?怎么会变成你的呢?谁使的坏?"

"还有谁,严头呗。"

我们两人一看日子,都有半个月了,弓藏那时正好在下面县里。

"严首伦这种人,弄出来的事情,统统都是小儿科。"弓藏是真生气了,"难道我会稀罕这样下里下作地上一回报纸?手指甲黑乎乎的人,到底做不出上名堂的事情!"

［清］佚名　刺绣西湖图册　南屏晚钟

"怎么没人告诉你这件事？"

"你不知道，单位里的人，本来就没有几个人会去看报纸。尹君自己不告诉我，还会有谁来告诉我。"

"你们严头呢，他为什么要拉拢你，是不是为了打击尹君？还有，为什么尹君不告诉你，他是不是从此看不起你了才不告诉你的？"

"你看你想到哪里去了？他敢看不起我！退一万步说，他看不起我又算得了什么，我也不在乎他这么一个书呆子。"

"你给他打电话。"

"大惊小怪什么？"

"你跟他说清楚，现在就要说清楚的。这件事情有关人格，你知不知道，有关人格的。"

［明］周翰　南屏烟雨图卷（局部）

弓藏愣了一下，不禁大笑起来，说："我打，我打。在单位里碰到一个口口声声要跟我讲人格的人，回到家，又碰到一个人格迷。"

然后弓藏就给尹君挂了一个传呼。一会儿电话就来了，弓藏才说了一个头，就被那边激动万分的声音打断了："我早就知道，这是一个极其拙劣的小阴谋，一方面是想把我打下去，另一方面是要挑拨我们俩的关系。弓藏，我们是什么，我们是朋友啊，朋友朋友，哪里就这样一个小动作就能够拆散的！哈哈哈……"一阵故意的甚至有点刻意的笑声就从电话里传了过来，这样欲盖弥彰的笑声连电话机旁的我也听出来了。我要接过听筒，弓藏不愿意，摆摆手说："尹夫子，我跟你说，你就别和严首伦这种文盲作对下去了，你就当他死了不行吗？"

"不行不行，我告诉你，我已经有一个重大线索……"

"嗯？……"

"对不起，对不起，现在我还不能告诉你，对不起……"

弓藏就不耐烦起来："精头怪脑，不说就不说，有什么好对不起的？"

电话那边一时僵住，没有声音了。弓藏正要挂电话，我接了过来，我说："尹君，你好，我是紫鸽。我有事要问你。"

那边依旧僵在那里，不说话。我又说："想问你，太子后来怎么啦？"

终于听见那边的回应："太子被杀掉了

......"

"我也是这样想的。"叹了口气，我这才挂了电话。

那天的晚饭，弓藏是在我家里吃的。弓藏许是喝了半斤加饭，白净的略胖的脸就红了，话也多了几分：

"尹君这个尹夫子，一定要和我争那卷经文的真伪。何必一定要在关公面前耍什么大刀呢？爸，人家没有数，你总应该有数吧。我家那个跳楼的老头子，还有我老头子的老头子，都是吃什么饭的？都是吃古籍这碗饭，都是几辈子开书坊过来的。我们家老头子为什么跳楼，还不是为了那些古书。我们是把命都搭在这种东

文元堂

1920 年前后，位于清河坊的文元堂是杭州规模最大、影响最广的古旧书店。除了经营旧书，业主杨耀松不废传统出版，并注重古籍修复技艺。文元堂的兴盛带动了杭州古旧书业的兴起，抱经堂的创立者朱遂翔就曾在文元堂当学徒。

西上了。爸，你倒说说看，是他看得准，还是我看得准？"

"女婿，女婿，来来来，喝酒，不淘这口贼气。"我爹就给准女婿把酒满上，然后也打开他最喜欢打的话匣子：

"你家的老头子我们不用说了，至交。年纪轻的时候我们一道逛过多少书店，抱经堂，文汇堂，经韵楼。你老头儿的老头儿，这双眼睛更没的说。当时他在文元堂当收购员，一次去塘栖，用了六十元钱购进'劳氏丹铅精舍'批校本两大箱，运到杭州开箱一看，每册上蝇头小楷批满。没几天北京书商就闻讯赶来，店主十元一册出手，北京要卖到一百元，杭州城里从此才晓得姓梁的分量。我幼小的时光，还和

朱遂翔与抱经堂

朱遂翔是近代著名的书商、藏书家，一生致力于旧书经营，对古籍有独到的鉴别能力。他少时在文元堂当学徒，1915年在梅花碑创立了抱经堂书局。朱遂翔深受藏书家王绶珊的信任，代其购进大量善本。他晚年开始藏书，马一浮曾为其《抱经堂藏书图》题句，称"书中自有黄金屋，世上应无白眼人，一语告君勤记取，卖书能富读书贫"。

你爹一起跟着你爷爷去收过书的。这句话说起来就是日本佬手里了，当时古旧图书无人问津，两块大洋可以购得一黄包车的书。你爷爷的书就是这时候收得最多。有一次，他就花了两块大洋，买了一房间的书。我和你爹好奇，推进旁边一间小房间，里面也有书，是被卖主做了添头送给我们的。这种开心，今生今世也尝不到了。"

"难怪我家老头子要为这件事情去死。当时红卫兵就在楼下院子里烧他那些宝贝古书，我才五岁，知道什么？我就看着老头儿从楼上跳下去。做什么呢，这么想不通。"

我从来没有听弓藏说过这些，头皮一阵一阵地麻了起来，小心翼翼地问："当年你家也有

抱经堂

抱经堂创立于1915年，到了20世纪二三十年代，它的规模在全国都遥遥领先，鲁迅也曾到此购书。全面抗日战争爆发后，杭州沦陷，抱经堂被迫闭店，业主朱遂翔后又在上海设立分店，但因物价高涨难以为继。抱经堂积存的旧书及朱遂翔的藏书或作废纸卖掉，或售与北京、杭州的古旧书店，朱遂翔也于1967年落寞而终。

你们单位收的那种经卷吗?"

"怎么没有!从前我家都有宋版宋印的李贺《歌诗编》,还有顾祖禹的《读史方舆纪要》,还有明版本的《桃花梦》《红拂记》,呵……要说这雷峰塔的经卷,我父亲手里也曾有过,后来穷了,才卖得一卷不剩。"弓藏醉眼蒙眬,浮想联翩,突然思绪又拉回到现实,"尹君这个书笃头,以为读几年大学就好来和我拗手筋骨了?我说经卷是假的,就是假的,你倒是给我说成是真的试试看?严首伦什么人,文盲哎,这种人从前给我老头儿拎鞋也不配的。他也配领导文化,他不听我的听谁的,听你尹君?你尹君,人格来人格去,有什么用!就算那经卷是真的,收来收去,还不是在文盲手里……"

我听弓藏讲这些话，心里寒飕飕的，便打断了话头："那么，你们收的经卷肯定是假的咯？"

弓藏朝我摇摇手，不理我，却对岳父说："爸，你还记不记得当年雷峰塔倒的时候，从那塔里面发现的经卷？"

老人一听立刻眉飞色舞："怎么不记得！不过雷峰塔倒的时候连我都还没有出生，你爷爷知道。那经本是卷成小束放在塔砖里面的，用泥封的口。雷峰塔经卷有好多种，其中有的经卷上前三行题字，次行与末行又有十二字，文为——"

"——天下兵马大元帅吴越国王钱俶造此经八万四千卷舍人西关砖塔永充供养乙亥八月日

记。所刻的经文为'一切如来心秘密全身舍利宝箧印陀罗尼经'一共有二百六十八行字，加上前后题记六行，一共有二百七十四行字，每行十字。前面的题署下有画刻，右为佛三尊，左有一女膜拜。再往左，有两人对立。其中一个顶有佛光，另一个为女子，两手合十。再往左则为殿宇，上面有璎珞，中间悬着宝灯，天华四散，下面，就是山河大地了。"

弓藏拦腰打断父亲，自己接下去的这一番话，说得在座的各位都目瞪口呆，好半天，岳父大人才一声赞："女婿，来，干了!"两人就干了那满满的一杯酒。

干了酒，岳父大人已经成了毛脚女婿的学生，岳父恭敬地问，他从前在上海看到的藏经，

雷峰塔经卷

　　1924年9月，雷峰塔轰然倒塌，人们发现了藏在塔内，尘封千年的秘密——五代吴越王钱俶所刻的《宝箧印经》。雷峰塔倒后，这些经卷大多霉烂零落，流散各地，让好古者极力搜寻。著名画家张大千也曾耗费重金得到一卷藏经，写下了"零落西城越国砖，残经一卷价论千"的诗句。

有用淡黄色薄麻纸印的，有用白棉纸印的，不知是否真品。女婿则说，那大多数就是假的。因为雷峰塔一倒之后，人们很快就发现了藏经，早就翻寻一尽。有的人当时就开始翻印翻版，以售高价，用伪品发大财了。

"怎么看得出这种经卷的真假来呢?"父亲好一阵的困惑。

弓藏说:"别样我说不好，从前我们家里收的可都是真货，卖出去的，都有暗记。我父亲卖给人家的时候，我还亲眼看到过，在那经卷的右下角反面，用墨点上一点的。"

"时至今日，这藏经的价格就不好说了。人说真人不露相，那真经也是这样的，哪里那么容易地就大白于天下了。"父亲不由得感慨起

净慈楼映夕阳
南屏路绕绿蒲
宽入岚光却
惊怕蘿珠分
泊窑山瞑泊
正三更

右题南屏晚钟

邦达

[清]董邦达　南屏晚钟图轴

来，而我的未婚夫，却一杯一杯地喝起了酒。我不明白为什么今天他会这样高兴，他从来也没有这样地喝过酒。他心里一定有着不可告人的快乐，他自己隐藏着，不肯告诉我，就像我也总有不可告人的秘密一样。

雷峰塔、凉亭 [美]西德尼·甘博
摄于1917—1919年间

从甘博拍摄的照片可以看出,雷峰塔对面是"南屏晚钟"的御碑亭,当时的人们在亭内休息。

四

　　有很长一段时间了，我再也没有打听关于藏书楼筹建处的那些事情。我忙着采购新嫁娘的衣服。弓藏在这方面很讲究，从保险柜里取出五万元人民币，堆在我眼前："不准买别的，只买衣服。不要多，只要好。"

　　一开始，我很想问问弓藏哪来的那么多钱，

但没好意思开口。我常常发现自己有很多的话不能够对弓藏开口说。有次我独自到了我们的新房，本来是去换床上用品的。但在那里发现了一些奇怪的东西，其中有一些古董和一些善本。我在枕套里发现的东西更使我目瞪口呆。

我开始明白，弓藏说的"两块砖头"是什么意思了。他暗地里所从事的危险的事情，使他平时表现出来的潇洒也渗出某种不祥。

我什么也没有和弓藏说，我们是各自心怀鬼胎的对手。从那时开始，我会常常突然地想到尹君，那个慌慌张张地往前骑车的摇来晃去的长背影，和自行车的影子一起，斜斜地拖在路灯下，又可笑又凄楚。有一回，想到他，我就笑了起来。弓藏问我笑什么，我说："尹君这个人实在是有几分好笑的。"

弓藏也笑了，说尹君现在终于安耽，不再纠缠那卷经文的真伪了。女人这种东西就是好，有了女人，世界上什么东西都能摆得平。

我对弓藏的这番话很不以为然。弓藏就又告诉我说，世上之人都是欺软怕硬的，严首伦也一样。也许上回他在照片上做了尹君的一回对头，到底手段下作，也怕尹君张扬，便拉拢他起来。前回去西安，他带上他的小秘，还非带上尹君不可。说起来这个严首伦也是一个低智商。他带上尹君，一来是平衡平衡他，二来是把他当一回电灯泡。

"什么电灯泡？"一开始我还想不过来，后来突然明白了，就叫了起来，"不可能!"

浣溪沙 南屏晚钟

[明] 陈霆

湖上群山紫翠重,
归鸦蓦过夕阳春。
南屏烟外一声钟。

暝色尽随花担返,
春游忽逐水云空。
明朝车马又匆匆。

"你以为尹君是个什么独行侠，真的敢在严首伦这里呛一声？"弓藏冷笑，"单位里那么多事情，他是从来也没有和严首伦正面交过锋的。有一回他正在大家面前骂他，有人叫了一声，'严头儿来了'，你猜他怎么着，他吓得浑身一抖，不见了，你猜他到哪里去了——"弓藏见我摇头，大笑起来，"他躲到厕所里去了。"

弓藏再告诉我的话，我迷迷糊糊地这只耳朵进那只耳朵出。弓藏说尹君这个人真是不可思议，真叫人看不起。当一回电灯泡就当一回电灯泡呗，怎么还会被弄到这种荒唐的关系中去。小秘是领导的小秘，怎么会变成他的了呢？弓藏说去了一趟西安，那小秘回来就不再傍领导，反过来傍我们的这位又正义又胆小的尹夫子了。尹夫子现在常和小秘同行同处，行动诡谲，把严头儿气得乌珠翻白。严头儿现在又让尹夫子看大门去了，不过这一回尹夫子无所谓了，尹夫子是堤内损失堤外补了。

"尹君不是有妻子吗?"我问。

弓藏说:"尹君是有过一个妻子，还有个女儿。不过现在，老婆是人家的老婆，女儿是人家的女儿了。听他老婆说，和他刚结婚，还在蜜月旅行，她就知道迟早有一天得和他离。为什么? 一路上，这尹夫子写了十几封信，是情书倒就好了，他是到一个地方写一封批评信，到一个地方写一封批评信，什么不正之风啦，什么贪官污吏啦，什么流氓行径啦。等到流氓真的到了眼前，他又吓木了，东西统统被人抢光，还被流氓暴打一顿，当着他新婚妻子的面。你说哪个女人吃得消他，你说呢?"

下一次和尹君见面，我处在一种极其非常的状态之中。先是电话，电话里的声音完全变了调，他也没有向我问一声好，张口就问弓藏出差有没有回来。我被他的声音吊起了心。尹君听到弓藏还没有回来，口气松了下来。

我说:"有什么事情需要留言吗?"

"不不不，"尹君像机关枪一样地蹦出一连串的不，"实际上我是找你的，可是……对不起，对不起，我实在是不敢让弓藏知道这件事情。紫鸽，我现在需要你说一句话，你想不想听我现在的话。你有权利不听，如果你现在立

西泠印社

清光绪年间，丁辅之、王福庵、吴隐、叶为铭等浙派篆刻家在孤山西泠桥畔买地筑室，以"保存金石，研究印学，兼及书画"为宗旨创立西泠印社。因其是海内外研究金石篆刻历史最悠久、成就最高、影响最广的民间艺术团体，故也享有"天下第一名社"之誉。

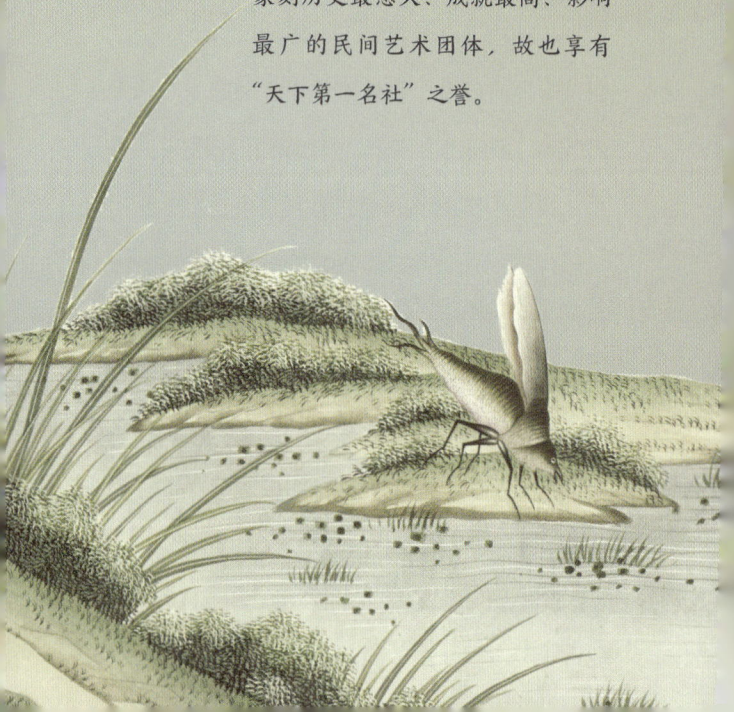

刻把电话挂掉，我是不会奇怪的。"

我沉默，明白自己碰到的是我命运里的危险的人，他的一切都在非理性地把我引向没有轨道的地方。我感到害怕，我的害怕，甚至把我的手也带动了，甚至把听筒也带动了。

"你在发抖……"听筒里的声音发闷，"我也在发抖，我给你打电话之前就发抖了。我向你发誓……"声音沉默了一会儿，又坚决了起来，"可是我再也没有一个人可以诉说了。我必须找一个人，而且还必须是一个女人。你看，女人总是比男人更能让人依赖一些……"

"你说吧。"我终于松口。

"我得当面对你说。"尹君又说，"这件事情很重要，牵扯的人太多，我得当面和你说。"

尹君说了个地点，西泠印社的汉三老石室前。

尹君说给我听的那个事情着实叫我暗吃一惊。有那么一分钟左右，我盯着汉三老石室铁门里的那块汉三老石碑发闷。好一会儿，我才抬起头来，审视了尹君一眼。

尹君说："你不相信我？"

我说："我不知道。"看尹君骤然要跳起来的样子，连忙补充说，"你别生气，我真的不知道，你说的事情和我听到的完全不一样。"我又迟疑了一下才说，"别人都说是你从严头那里把那小秘给夺过来的。"

尹君也瞪着那块汉三老讳字忌日碑发愣了，

好半天才回过头苦笑一声："连你也相信了？"

我感觉到我的脸突然地就红了，我说："我没说我相信了。"

尹君的神情就松下来了，说："那就好，这个世界上，还有一个能相信我的人就好。"

尹君碰到的这件事情，难怪连我也会打问号。事情都出在那一次的出差途中，小陈（也就是那位小秘）和严首伦一开始还做着筋骨，不让尹君看出来他们之间的那点破事。可是那两人出发前就闹上了，一路上也憋不住不闹。严首伦出来，原本是为了躲开他老婆和小陈好好地乐一乐，小陈却不干。原来女孩子跟了严首伦一段时间，发现她不可能嫁给他当老婆，严首伦也不像他自己吹的那样是个什么了不起

汉三老讳字忌日碑

　　《三老碑》是现存最古老的汉文石质碑刻，被誉为"浙江第一石"。1921年，这块石碑差点流出国外，为了守住国宝，吴昌硕等人发起募捐，奋力将其赎回。次年，吴昌硕修建石室存放石碑，并撰写《汉三老石室记》记录此事。这块具有极高历史和文字研究价值的石碑就这样被保存下来了。

的大款。说实话，他倒也想在文物上捞一把的，无奈他什么都不懂，还被人家坑了一把，连小秘的钱也贴进去了。小陈立刻果断地决定抽身，转身就在外面托人找了一个台商。小陈决定，哪怕给台商做小老婆也不给领导当情人了。两个人为这事闹了一路。小陈为了躲避严首伦，只好一天到晚跟在尹君后面。尹君走到哪里，小陈就跟到哪里。尹君平日里看不起小陈，一开始就不愿意让小陈跟着，宁愿兵分两路，他一个人自由。可是有一天回来看见小陈鼻青眼肿，招待所那张门前的凳子也散了架，这才知道事情不妙。再看严首伦，出门在外，情迷心窍，也是原形毕露，喝得天昏地暗，正躺在小陈房间的床上，大骂小陈是个婊子。见尹君来

西泠印社成立95周年　吴国方　摄于1998年

1998年5月16日,为纪念西泠印社成立95周年,在杭州劳动路的杭州碑林里举办了献艺会,许多著名艺术家参加了这次活动。

了，一把拉住他的手，边哭边控诉小陈负心的罪行。这边小陈也拉住他的袖子，反过来哭诉严首伦的罪行。两人七嘴八舌各自哭诉一番，严首伦就睡着了。小陈这才跟到了尹君的房间，说："尹哥，我早就看出来了，我们单位里，就你最正义，最好。你这一次一定要拉我一把，别让严首伦再扯住我了。再过几个月，我那个台商就要娶我的，他还说我是最纯情的大陆妹呢！"

尹君见到这种场面心里实在发怵，说："我能帮助你什么？你没看见我和严首伦为单位里的事情自己都闹得七零八落。"

小陈看到尹君像个有缝的鸡蛋可以叮，连忙说："尹哥你不用多说了，你那件事情，别人

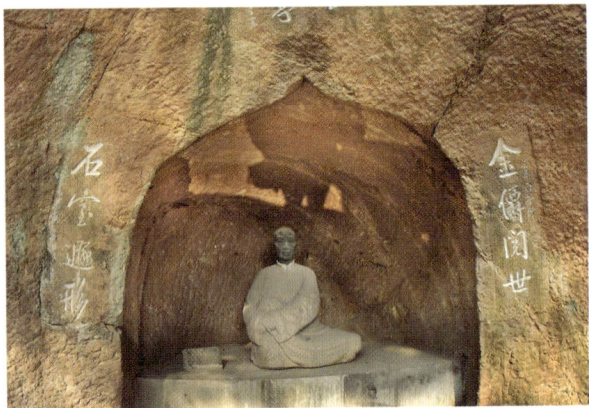

西泠吴昌硕像　吴国方　2003年摄

吴昌硕(1844—1927),中国篆刻家、书画家,"海上画派"代表人物,曾被同道推为西泠印社首任社长。其篆刻融合皖、浙诸家,并以秦、汉玺印、封泥及陶瓦文字入印,雄浑苍劲,摆脱皖、浙诸家而创为一派。

不知道，我还不知道？当然是严首伦做的手脚，而且怎么做的，我都知道得一清二楚。"

尹君一下子兴奋起来，本来他对这件事情几乎已经没有信心了。但小陈这样的少女，在老台商面前是一个纯情大陆妹，在尹君面前可就完全不是那么一回事了。她和尹君讨价还价了一番，终于达成了协议：尹君充当小陈的临时骑士，一直到台商把她接走为止。作为回报，小陈将告诉他那份真经的下落。可是小陈不愿意现在告诉尹君，她说她现在一说要牵涉一些人，那些人害了尹君不说，还要害了她小陈嫁不成台商。

"你就答应她了？"

"我就答应她了。"尹君的声音惶惑起来，

净慈寺的沿革

壹 五代吴越

钱俶王建寺，原名"慧日永明院"，延寿大师为第一任主持。

叁 明

明洪武十一年（1378年），新建巨钟，其声愈发雄浑悠扬，"南屏晚钟"声名远扬。

伍 清

康熙年间，将永明祖塔移至净慈寺东门，题"净慈禅寺"，建"御碑亭"。

贰　南宋

改名"报恩光孝禅寺"，与灵隐寺、昭庆寺、圣因寺并称"西湖四大丛林"。

叁　元

净慈寺在南宋时曾因遭遇大火被毁，元代重建山门，并修建观音殿、大殿、罗汉殿、法堂等，净慈寺重现旧貌。

陆　新中国成立后

国家多次修缮被战争破坏的净慈寺，整修了金刚殿、御碑亭、南屏晚钟亭等，"南屏晚钟"重获新生。

"小陈跟我说的，那经卷就在国内，还没有出去。我想，我得沉住气，一定要沉住气。也不过几个月时间了，怕什么？反正我就是那样了。我是死猪不怕开水烫了。我老婆——对不起，我是说我前妻，曾经给我下过一个判断，她说像我这样的人最好一辈子也不要碰女人。对不起，我前妻是个硕士生，不过说出来的话一点也不比没文化的女人文雅。她真正的意思是说，我和女人的关系，乃是一种永恒的悲剧关系。我是一个悲情者，不过这一回是出演荒唐剧了——我怎么也不会想到，小陈她突然要我陪她去堕胎。"尹君一下子刹住了话题，他直直地就那么瞪着我的脸。看样子，除了想在我的脸上找出答案，他是什么办法也想不出来了。

"现在我怎么办？"尹君突然放低了声音，仔细地看看周围，然后直盯住我，"没有一个人能够帮助我分析目前的形势。小陈说她的事情是不能告诉任何一个人的，我已经违背了对她的诺言。可我实在没办法。我已经两夜没睡了。"

我摇摇头。非常吃惊，吃惊使我真的不知道该说什么。

"万一这个小陈一直在耍我，万一事后她一口咬定，那孩子不是严首伦的，而是我的……"

"会这样吗？"这下轮到我大吃一惊，"会这样吗？"

"万一她说，什么真经还在国内，什么严首伦做了手脚的事情，都是她哄哄我的，或者，

古旧书店拆迁　吴国方　摄于1996年

都是我逼她这么说的，不不，或者她干脆说，她从来没有说过这些话，全都是我瞎编的——那么，我该怎么办？"

我的头脑一片空白，然后我抬起头来，我问："非得要把那个真经找出来吗？"

"不是非要找出来。问题是它存在着，懂吗？它存在着，你不能说它不存在，懂吗？"

"你就不可以不过问这件事情了吗？"

尹君就激动起来："我就那么无私吗？我就非得把那经卷找出来才行吗？我早知道，我没有能力过问这件事情。我早想向生活投降，向生活低下高贵的头颅未必就不是勇敢，不是吗？"

他再一次问我，看样子他的确不行了，他

［宋］叶肖岩　西湖十景图册　南屏晚钟

得从我这里得到什么力量。这是一个弱者向另一个弱者的呼救。可是他的真诚弄得我百感交集，心乱如麻，我差一点要顶不住了——如果弓藏他不是我的未婚夫。

我只好说："我不知道。"

"我不知道我不知道，谁都跟我那么说，如果人没有良知就好了。良知是我的软肋，我会死在良知上。老天爷，我多想做一个黑心肠的人，这样我就吃得下睡得着，花好月圆夫妻恩爱儿孙满堂。你教教我吧！我看得出来，你比我行！"

我差一点要被他的话说得哭出来了，好久才抬起头来，说："我实在不知道能帮你做什么。"

我语音刚落，尹君就跳了起来，说："我想请你和我一起陪着小陈去医院。"

　　话刚说出口他就觉得不好，他看到我的脸色变了，就别过头去，好久也没吭声。我费力地转过身，想一走了之，但尹君连忙侧过身子拦住我："你别走。"

　　"我没说要走。"

　　"对不起……对不起……"

　　"我讨厌你说对不起！"我突然忿恨地说。

　　"……对不起，我不该说对不起……"尹君说得自己都发起愣来，然后就笑了，"你看我在说什么绕口令啊。"

　　我也笑了，笑得眼睛都发起酸来了。你看，我也实在不是一个傻瓜。从尹君一开口说那个什么小陈要堕胎，我就知道他想叫我做什么了。老天，我多想不去做此等下作之事，但有什么办法才可以让我不去做呢？

五

　　十里赏桂，我们举家去了满觉陇。这些年桂花节过得越来越热闹，也不知是看花还是看人。我的父亲是坚决不主张去的，无奈当丈母娘的喜欢人多，弓藏便应了下来，还拖上了我。父亲一个人躲在家里也没趣，就心不甘情不愿地跟着来了。

在桂花树下闻了一会儿若有似无的花香，弓藏突然说："紫鸽，你看那是谁？"

我往后定睛一看，竟然是尹君。他的胳膊肘上还挽着一妖艳女子，看见我们，就大声地笑着叫道："巧不巧，你们这一对也在这里。"

我欠起身来朝他们两位动了动嘴角，算是打过了招呼。虽然小陈是我亲自送进手术室的，但对这样的女人，我也实在是未见便有三分怕。你看她也算是做了见不得人的事情的了，本应避之不及的，她的架势倒是泰然自若。再看尹君，他看上去比过去整洁多了，穿一身浅灰色西装，还系着根领带。只是一见了我，脸就明显地红了起来。这也是只有我才看得见的红。我想，这是做给我看的呢，还是他终究要走到

满觉陇

满觉陇位于西湖西南部，在南高峰与白鹤峰之间。五代吴越时期，满觉陇有许多小型寺庙，其中就包括满觉院和石屋寺，满觉陇也因此得名。

满觉陇自明代就广植桂花，每到秋天，桂花次第开放，游人前往，染一身淡雅桂花香。胡适、巴金、郁达夫都曾来此游玩。如今，「满陇桂雨」已成为「新西湖十景」之一，是城市漫步的好去处。

这一步的呢？心一时便迷茫起来，再看尹君，就更迷迷茫茫的了。

弓藏看见他们这一对却很兴奋，还哪壶不开提哪壶地说："这么大的胆子，光天化日之下出来鬼混？"

尹君立刻吓得脸都要变了色似的，抖着小陈死死抓住不放的胳膊："我说不要来不要来，那么多人，有什么好看的。可是她，死活不听。"

"这有什么好遮遮掩掩。"弓藏就大笑起来，"你看人总有那么一天，总要走得出去的。小陈是明白人，到底要找一个可以一起来看桂花的人才好。你们玩吧！我们走了。不妨碍你们。"

看尹君手足无措的样子，仿佛想说什么，

又说不出来。他有好几次明显地朝我看，想是要我原谅他什么似的。还是那个小陈像现代派，说："那我们就分头行动了。你看那么多人多好玩。弓藏，要不是你昨天跟我说了你们今天要赏桂，我还一时想不起来呢。尹君拖拖拉拉地不肯来。我说怕什么，又不是做贼，是走进大自然嘛。"说着就拖着尹君的手走开了。

母亲看着那个尹君说："还难为情，这么大年纪的人，该成家了。"

弓藏却看着他们的背影说："还不知道会有多少场戏好唱呢。"

我吃惊地问："为什么？"

我们这样说着话，离开了两个老人，自顾自走到了前面半山腰的一株大桂树下。这里不知为什么人特别少。那大桂树也开得很灿烂，一大朵一大朵的金黄。我俩正觉得好，一只大狗就叫了起来。原来这里是人家看守着的家桂，只等着收桂花卖，不让人赏的。我一向怕狗，吓得一把抱住了弓藏。弓藏也护着我，就边退边说："别怕，别怕，有我呢。"

一退两退，就退到了一处角落，我还把头埋在弓藏怀里。弓藏就突然说："我们登记去吧。"

这一回我没有抬头，我眼前一片火星直冒，心里面要说的话，涌上来又压下去，好几个回合，但我一动也不敢动。弓藏摸了摸我的软发，便说："到底还是答应了。"

憶姑蘇城外
泊寒山聽得
正三更

[清]董邦达　西湖十景册　南屏晚钟

南屏晚鐘
淨慈掩映對
南屏斷續蒲
牢入夜聲邨

那天说好了下午要去街道办事处的，五点钟弓藏才到家，一个劲地说："对不起，对不起，单位里的大事，把自己的大事给耽误了。"

母亲在厨房里做凉拌豆腐，她不高兴了，说："什么事大到这种地步，比结婚登记还要重要。"

弓藏这才告诉我，今天单位里闹翻了天，尹君和严首伦争了起来，先还是为了那份经卷的事情，七吵八吵，吵到女人头上去了。也不知哪个嘴快的，把尹君和小陈赏桂的事情打小报告给了严首伦。严首伦憋着一股气正没地方出呢，火气一上来，就给了尹君一个耳光。

我大吃一惊，说："他敢打人！"

"他有什么不敢的。"弓藏盯了我一眼说，

"他早就把尹夫子当成情敌了。谁不知道小陈原来是他的。为了她，严首伦没少和老婆打架，离婚也已经被提到议事日程上来了。小陈在他眼皮子底下跳槽，还跳到尹夫子这个背时鬼身上去。听说……小陈都已经上过妇女保健院了，还有什么事情没做过？"

我的心猛地被抽了一下，说："那尹君呢？"

弓藏说："看我们的结婚照，我刚才拿的，明天登记要用到它的。你说什么？尹君，他不是挨了一巴掌吗，血都被打出来了。大家都呆住了，他自己也呆住了。这次严首伦真的做过分了。"

"那小陈呢？"

"什么小陈，打胎的事情，她自己不说谁会

滿家術賞桂花

知道。尹君挨了一巴掌，还只知道朝小陈看。小陈这骚娘们呢，转了屁股就走了。"

我的心里头那份沉沉的难受，一定让弓藏给看出来了。此时我心中怨恨弓藏，我明白他是一个阴谋家：他先透露我们要去赏桂，再寻找与尹君相遇的机会，然后，再把这次相遇通报给严首伦。他机关算尽，为了什么，我早已知道。他看着我对那张两个头挨在一起的双人照心不在焉的样子，说："我知道你心里不踏实。好吧，我就告诉你。尹君挨了那一掌，只知道朝女人看。那女人不理他，顾自走了，他就捂着那半张脸发愣，谁也劝不走。好半天，人家都走了，他还站在那里。我过去想把他拉走，没想到他正在那里流眼泪呢。还一点声音不敢有，这也算是男人？"

你看，我是一个多么不好的人，一个多么不通情理的女人。一个男人就要和我结为夫妻了，我却在为另一个莫名其妙的男人哭泣。我的眼泪掉下来，打湿了我的结婚照，瞧，我是一个什么样的女人啊？

弓藏收起了照片，声音突然就变了调："你不用这样。我知道你心里怎么想的。"他抬起头来，看着我哭泣的眼睛，"我到底还是想不明白，他这么一个人，值得你那样吗？"

我说："我一直也没敢告诉你，小陈到医院，还是我陪去的。"

弓藏站了起来，眼睛也大了一倍，发出了过去我从来也没有看见过的亮光。

"是严首伦干的事，小陈亲口告诉我的。"

"那份经卷的事情，他们没提起吗?"

我很难受，难受得好不容易止住了的眼泪又涌了出来。我只好说："对不起。"

弓藏吃惊地说："怎么你也会说对不起了?"

我的父母都不知道发生了什么事，他们还一个劲地牛头不对马嘴地劝告我们："干什么干什么，都那么大的人了，有什么话不可以好好说的。"

可是他们不知道，有些话就是无法好好说的。"对于那不可言说的，必须沉默。"我记不准这是哪一位哲人的格言了，大概率应该是维特根斯坦吧。我总是在无望中胡乱地思索各种格言，我就跑到屋外去了。我下意识知道我将

南屏晚钟

[明] 李孙宸

清歌妙舞未从容，画舫香车日日逢。
独有南屏山上寺，僧闲时打夕阳钟。

把那不可言说的东西说出来，这是多么不幸！我已经把它隐藏了那么多天，我将因为对它的曝光而使自己一无所有。

片刻，弓藏走到院子门口要推自行车的时候，我终于有勇气对他说出一句话了。我走到他的身边，对着他的耳根说："把经卷送回去吧。"

我看见弓藏的眉头，狠狠地皱了起来。

"把经卷送回去吧。你塞在枕套里的。"

"你何时知道的？"

我看着他，说："我只是无意中发现的。我们不是要结婚了吗？我们不是应该换上新枕套吗？"

"没人告诉你？"他的声音变得粗哑，我从

来也没有听到过这样凶狠的声音，完全不是我认识的弓藏的声音了。

"没有。"我战战兢兢地回答，"可是那经卷的右下角有小黑点。我知道那是你家从前收购的。"

弓藏沉思着，还轻轻地按一下车铃，铃声响得很远。他果断地说："不，我不想拿出来。"

"你把它送回去。这对我很重要。"我的头脑此刻稍微清醒了一些，可弓藏却狂热起来，原来一个人狂热的时候，眼睛里的光竟然是这样的。

"这是我家的东西。我家的人为这些东西送过命，你别想劝动我。你不是我们梁家的人！"弓藏突然粗暴起来。

"可是你爸已经把它给卖了。"我也轻轻地按了一下车铃，"它已经不再属于你家了，这你比谁都清楚。那老头一把东西送来，被你和尹君同时发现，你就开始动上心眼了。你先说它是假的，骗过了严首伦，然后你悄悄地到老头家去，把你事先准备好的假品和他换了，然后你又回来告诉严首伦，那东西可能还是真的。然后严首伦去了那老头家，把你伪造的那份经卷当真的买了回来，再卖给了日本人。这一切尹君都不知道。他一直在等待着日本人能把这件真迹给他看，让他知道事情的真相。"我深深地叹了一口气说，"我想了好久好久，才把这件事情想明白。"

"你可以去当福尔摩斯了。"弓藏冷笑起来。

南屏晚钟

[明] 张岱

夜气溷南屏，轻岚薄如纸。
钟声出上方，夜渡空江水。

"不是的，"我忍不住叫了起来，"是小陈告诉我的，她说严首伦把经卷卖掉了。和这件事情有点关系的人，多多少少都知道一点底细。只有尹君一个人，他什么都不知道，他还挨了打。他不该挨打的!"

弓藏这下子真愣了，说："我倒也没想到，你还是那么一个有心机的女人。好，如果我是个文物贩子，你还愿意和我结婚吗?"

他这么一说，我就哭了起来，说："我知道，这些话都是不能和你说的。我一直不想说的，一直不想说的……"

弓藏看上去倒没有我的那份冲动，但他的冷笑依旧能够说明此刻他已丧失理智："是啊，还是你从前做得对，你只说你考不上大学是因为有人在你的饮料里放了安眠药，你从来也不说是因为第二年复习的时候，你的那个指导老师诱骗了你。有些话就是不能说的，连父母也不能说。可是不说并不等于没人知道。杭州人说，门角落里拉屎天会亮的，现在我们两个不是都等到天亮了吗?"

不知道是因为恰恰就在这个时候钟声响起来了，还是因为听到了弓藏的这一番话，我突然眼前一片模糊。我就那么扶着自行车，瘫软了下去。

也许我的样子真的有那么几分可怕，也许我看上去是要死了，总之，弓藏一下子抱住了我。我眼前一片漆黑，我的耳朵里一阵一阵地轰鸣，跟有尖哨子在吹一样，还有那种巨大的宿命一般的钟声。但是，在一片的尖哨子声和钟声中，我还是听到了一个声音在喊："紫鸽，你怎么啦，你怎么啦?"

我还能听到我自己的声音，我好像在说："我现在才听懂你的话了，我现在才知道什么叫你不会怕我的了，我现在才知道什么叫被捏在人家的手心里的了……"

然后我再听见一个声音，在大声地叫着："对不起，对不起，对不起……"

我忍不住笑了起来，我说："怎么，你也会说对不起了……"然后，我就什么也听不见了。

尾 声

没有什么比在傍晚时听到的钟声更能使我痴迷了。如果大地有边，我不会站在中间，我也不会堕入之外的深渊。我将站在大地尽头的边缘上，只为了听到那样的声音——上苍，我离不开它——感谢它听我诉说。

父亲又开始手握他的《武林坊巷志》到暮

色中去缅怀他那消失了的青春了；母亲手上的葱把虽绿，头发却在一夜之间白去，母亲比我更无法承受那变幻莫测的命运。

我的心却安详了。

弓藏并不是主动弃我而去的。他到底还是把那份真经卷交了出去。我不知道他用了什么办法逃避了惩罚，但他能够安然无恙可真使我松了一大口气。不久前他去香港了，在那里他原本有着许多亲戚。临走前他来找过我，我们到苏堤上去散那最后的一次步。在一株杨柳下他说，他一直就知道，我并不爱他，但是他却秘密地爱着我。他说，我的那个高考补习老师，曾经是他的同学，他知道我们那段往事的全过

"南屏晚钟"为何格外悠扬?

　　"南屏晚钟"指的是南屏山净慈寺内的钟声。南屏山由石灰岩组成，山体有大大小小的洞穴，加之岩壁立若屏风，每当净慈寺的钟声传到山壁、洞穴时，就会形成共振效应，格外雄浑激荡。它曾一度到达对岸的宝石山与葛岭，余音袅袅，经久不息。由此，每到傍晚响起的"南屏晚钟"便成了净慈寺的一张名片。

程。当然，他也知道我是被污辱与被损害的那一方。"说起来也许你不相信，当年我还看到过你。"

"是他让你看的?"我问。

"是的。"他犹豫了一下，说，"他总是在我的面前炫耀他的艳遇。那时候他新婚不久，可是他最爱说的不是他的妻子，而是你。他总说你是一张最白最白的白纸——"

"可以描出世界上最丑最恶心的图画。"我回答。

弓藏很吃惊，他说，实际上他根本不在乎他的老同学和我的关系。他说如果我同意，他依旧愿意娶我，我们可以一起到香港去。

那么关于那份经卷呢?

弓藏说这事儿不怪我，因为我永远不可能理解像他们这种家世的人对故物的情感。"看到想要的东西，不能占有，比死还难过，所以我爹死了。"他还解释说他的最大失误是因为没有藏好，被我发现了，如果不是这样，我们之间将什么事情也没有。他耐心地拿我来举例子："比如你和老师的事情，在我没说出来之前，我们之间不是等于没有这一件事情吗？"

瞧，这就是我决不会，永远不会嫁给弓藏的根本原因了——他无视灵魂，无视那些处在背叛之中的心灵的煎熬。他不知道，在我与他相处的日日夜夜中，我无时无刻不在经受这种煎熬。我每天早晨和深夜都要下一次决心，把一切都告诉他，把一切都告诉他——而他，他并不在乎我隐瞒了此事，因为他自己也隐瞒了很多。

我知道，以后有机会他还会去做类似于私藏经卷这样的事情的，他和尹君是这个世界上两种完全不同类型的人。

尹君本来也是要走的，他的同学在深圳发了大财，正在等待他的加入，我不知道其中有多少仅仅属于美好的想象。他在对生命思考和对生命的实践时，那种巨大的反差使他往往在同一个时刻判若两人。经卷之役，对于他这样的人来说，原本是一场毫无胜利可能的战争。不过，尹君到底还是险胜了——严首伦被调走了，小陈在嫁给台商之后把她所知道的一切都

『南屏晚钟』为何有108下？

紫鸽每日等待的南屏晚钟为何有108下？庞学铨在《品味西湖三十景》中提到了两种解释。一是"以应十二月，二十四节气，七十二候（五天为一候）之数"，这些数字加起来刚好是108，象征一年轮回，传递了农耕社会对风调雨顺、丰收的渴望。二是佛教认为，人类有贪嗔痴等108种烦恼。因此，敲108下钟，也有消除烦恼之意。

告诉了上级。

那么现在弓藏也走了，严首伦也走了，小陈也走了，尹君他还会走吗？我想他不会走，他一直在千方百计地给自己寻找不走的理由。

你知道我是在怎么样的一种情景下再一次遇到他的吗？一个深秋的浓暮，一场雨后，梧桐树叶落了一地，我信步到户外走走，不知不觉地来到净寺门前。已是黄昏独自愁，寺门紧紧关上，甚至对面的放生池也已空无一人。望着寺庙的飞檐翘角，等待那钟楼里的大铜钟响起，我突然回忆起那个夏夜尹君讲过的关于女人和背叛的故事，不由得神思恍惚。

正在这时，晚钟响了起来。在近处听钟声，就没有了那份悠远的缥缈的意境，只觉得那种荡气回肠的气势从四周强大地、无声地扑面而来。我产生了一种想与钟声越近越好的愿望，便把自己的整个身体都贴到了净寺那已经关闭了的大门上。我的耳朵，紧紧地贴在门缝上，我要在那里听到更洪亮的钟声。

我从门缝里看到了一个人，一个微驼的苦人，正向大门走来。从他那摇摇晃晃的走路姿势和他那自言自语的神情，我就知道他是谁了。他朝大门越走越近，然后，像拥抱什么似的，只是伸开手臂，把自己的身体展开成一个十字架，一下扑到了大门上。我们两人都展开了身体，向一切祈祷。

门只是轻微地动了一下，有雨水抖搂了下来，滴到我的头上，没有发出一点声音。我们之间，只隔着一道信仰的大门。

　　我记不起来，那天晚上我是怎样回家的了，只记得我数完了整整108下的钟声。我是闭上眼睛数的，两只手掌和一只耳朵都贴在寺门上。钟声停止以后许久许久，我才睁开眼睛。

　　此时秋夜天高气爽，深邃无比，黑蓝一片，一轮明月照彻寰宇，天心澄清明净，一派荡涤后的空阔无碍。我看见尹君隔着厚重的寺门扑靠在彼岸，我不知道他有没有感受到我。我们一句话也没有说，听过了晚钟，我们需要沉默……

隐瞒的后面有什么

——《南屏晚钟》的余音

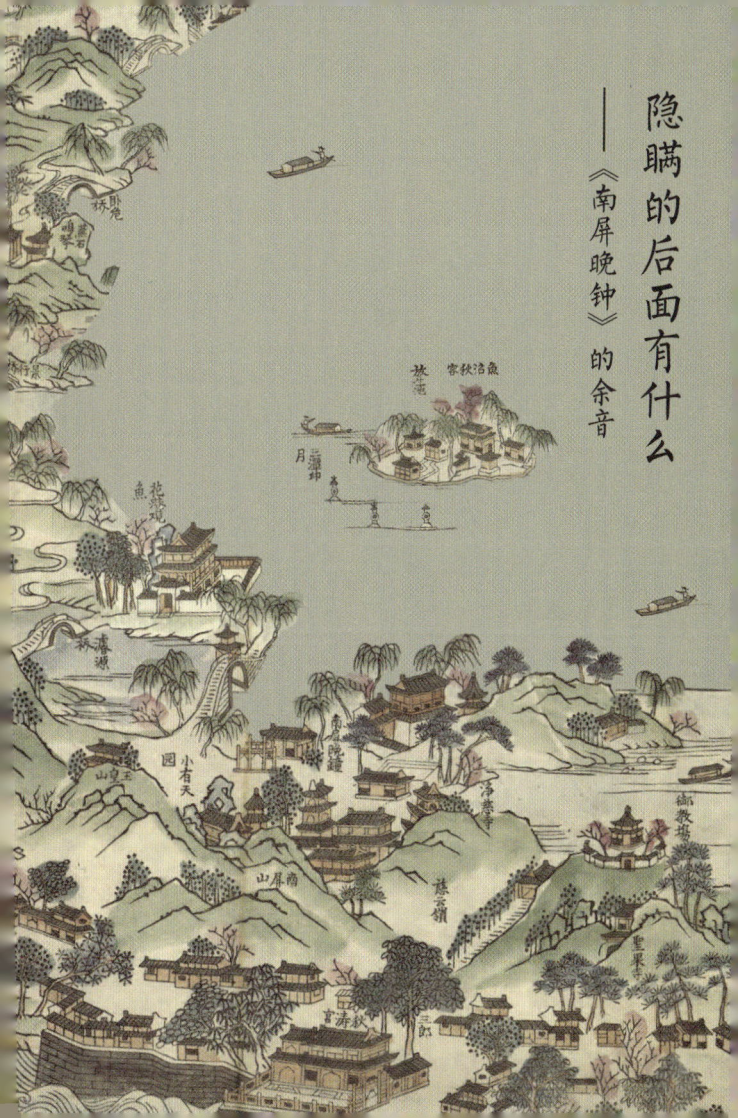

怎么会有这样的《南屏晚钟》？大学时代听港台传来的蔡琴唱的民谣，尚不知歌词竟然出于一生创作歌曲超过3000首的陈蝶衣，曲调则是一个名叫王福龄的先生谱的，听上去节奏如小步舞曲：

我匆匆地走入森林中/森林它一丛丛/

我找不到他的行踪/只看到那树摇风/

我匆匆地走入森林中/森林它一丛丛/我看不到他的行踪/只听得那南屏钟/

南屏晚钟/随风飘送/它好像是敲呀敲在我心坎中/

南屏晚钟/随风飘送/它好像是催呀催醒我相思梦/

它催醒了我的相思梦/相思有什么用/我走出了丛丛森林/又看到了夕阳红⋯⋯

初听这样的《南屏晚钟》，人会起"嘭嚓嚓"之兴，无论如何与"西湖十景"的"南屏晚钟"对不上号。但仔细品味，又觉得里面有些没有说出来的隐意，有些失落、失意，有些意料之中的被安慰着的失望，有些轻描淡写里的深邃……思绪就这样和小说《南屏晚钟》牵丝攀藤起来了。

《南屏晚钟》，是"西湖十景"系列中比较难懂的一部。仔细梳理，会发现这个故事虽然与感情有关，其实是披着情感的外衣，讲述一个盗窃案的破案过程。这件文物正是净寺钟楼对面雷峰塔废墟中挖掘出来的经卷，吴越国时期塞在塔砖中的国宝。

我写这样一个故事，受的是另一个故事的启发——南宋时立废太子时的一场宫廷政变。话说那皇子赵竑，本是宋宁宗侄子，因宁宗几个儿子都死了，宁宗便将侄儿赵竑接到宫中养育，悉心栽培，后册立为太子。而当时的权相史弥远，最初的政治资本正是皇子的老师。

作为赵询的老师，史弥远对他的培养还是很用心的，他想捧出一个处处顺从他的储君，而赵询确实也做到了。据传，他不但成了和史弥远一样坚持主和的储君，还提前许愿，承诺即位后继续重用史弥远为丞相。谁知人算不如天算，赵询才二十九岁就生病死去，这突如其来的噩耗，打得史弥远措手不及。而恰在此时，宋宁宗已选择另一个养子赵贵和入宫，并赐名赵竑。从此，这位赵竑糠箩跳进米箩里，也成太子储君了。

赵竑和那个早死的赵询可不一样，他不甘心做史弥远的傀儡，他的老师真德秀极力劝谏自己的学生要韬光养晦，对史弥远要装尊敬，否则会很危险。

可赵竑以前并未经历过宫廷政治的洗礼，无知者无畏，想说什么也是张口就来。史弥远对他很是戒惧，便暗下一计，选了个才貌双全的宫女给太子，以方便掌握他的一举一动。这宫女真是琴棋书画样样精通，新太子自然宠爱有加，从此赵竑的一举一动都为史弥远掌控。据说，这个不知达摩克利斯之剑悬在头顶的赵竑，还傻乎乎地每日将史弥远丑事记录在册，并对他的红颜知己口口声声地说："我记下的这些恶行日后是要算总账的。史弥远当发配八千里外。"也亏得这赵竑想得出，还将稻草人披上史弥远的名字，每日挥剑相刺，每刺一下就大喊一声："为国除奸!"

这可把那个权臣史弥远吓坏了，赶紧地在净寺钟楼下，和他那帮狐群狗党密谋策划。他极力拥护宋宁宗弟弟沂王嗣子赵贵诚为皇太子，后在宋宁宗临终前伪造诏书，废赵竑，册立赵贵诚为皇太子。

　　宋宁宗的死，有人认为是史弥远下的毒手。因为宋宁宗一直希望让赵竑继位，而史弥远则主张让赵贵诚继位，宋宁宗这边一驾崩，史弥远就让杨皇后哥哥杨次山的两个儿子进宫劝杨皇后，要她同意改立赵贵诚为皇太子。杨皇后明白，举朝上下都知道宋宁宗钦定的皇太子是赵竑，这时候改立赵贵诚，恐怕天下人不同意，就不想答应。这两个外甥就跪在地上泣求：而今天下归心于赵贵诚，娘娘再迟疑，恐怕会有祸乱，那时我们杨家后果不堪设想啊！

杨皇后到底还是同意了。赵贵诚被立为皇太子，赐名昀。如此，一手遮天的史弥远便拥立赵昀为理宗皇帝。赵竑被蒙在鼓里，直到皇帝驾崩那天还不明就里，等着大臣们扶他登基主事，谁知突然就被架了下去，封为济王，后被赶出临安，出判湖州。据说他在湖州还发动兵变，企图夺回原本属于自己的皇位，最终死于变乱。

而史弥远因为有大功于宋理宗赵昀则荣宠至极，为所欲为，他罗织党羽排斥异己，残害忠良之臣，一时朝廷乌烟瘴气，政治黑暗，官场腐败，国势日衰。至绍定六年（1233年）十一月，七十岁的史弥远病死，还被宋理宗追封为卫王。他的亲信后来虽多被贬斥出朝，但南宋的国势衰微，已经难以逆转。

我本人并不关注这场宫廷政变，倒是挺牵挂那位打入"敌人"心脏的卧底宫女。一个时代的巨大转折，是否有时就会跟这样的个人行为紧密相连呢？告密者对掏心掏肺的太子爷显然是彻底隐瞒的，她会知晓这种隐瞒和告密的后果吗？这位渺小到连名字也不曾被记录下来的宫女，后来有谁会关注她的命运呢？而在中国乃至世界的诸多王朝中，君臣之间又有多少这样的隐瞒与告密呢？甚或我们会以为一部人类史，隐瞒和欺骗亦构成了其中不可或缺的一部分。它破坏和捣毁着历史，但也构成了历史演进史中合理的一部分。

因此，关注人与人之间的隐瞒成为我这部小说的焦点。我们会发现，隐瞒并不完全是破坏性的，在小说中，它首先只是造成人的淡漠和疏离，即便是即将结婚的男女，各自把各自的秘密埋藏得深不见底，并一厢情愿地以为除自己之外无人知晓。现当代的一些哲学家，把这种淡漠和疏离定义为荒谬和虚无。

人们隐藏自我的行为，究竟是发自天性，还是源自外力呢？这其中究竟有多少源自性格和道德感，又有多少源自功利和欲望呢？小说中的女主角紫鸽，因为少年时曾经受过欺骗，从此再也不信任人与人之间的任何关系，哪怕是夫妻之间。而小说的男主角弓藏亦因为少年时家族经历的劫难而看透人世，并把盗劫欺骗得来的国宝作为天经地义的个人物品。这对年轻人关系破裂的最根本原因，并非弓藏对国宝的私占骗窃，而在于他明明深知紫鸽被伤害的隐私是不可触摸的，却表现出来那种看透一切、原谅一切、理解一切骗局的豁达。显然，在他看来，他和紫鸽本来就是一路人，他们相互隐瞒，各得其所，而那个未曾被谎言玷污的尹君则应该是他们嘲笑和戏弄的对立面。

小说中的弓藏成熟老练，机智灵活，文气斐然，是一个包装得天衣无缝的骗子；而那个尹君看似人不靠谱，话不成句，手足无措，实乃一个漏洞百出的老实人。紫鸽貌似心灵单纯、阅历简单，实则习惯关上心门，而在弓藏眼中，紫鹄是个宝钗似的藏拙女子。他们不对等的地方，只在于一个深切痛苦地隐藏，一个理直气壮地欺瞒。

小说采取了一种基本以紫鹄为叙述主体的角度。我赋予了她一种强烈的独白感，一种祈祷式的语式。我让这种语体带有恳求甚至哀求的夸张，有些做作……如吟诵般浪漫，如晚钟般隽永，如拉长的暮色，那些訇塌的声音不是轰隆一声巨响，而是唏嘘一声，近乎叹息的呻吟。

所以，千万不要以为西湖仅仅是美的，和谐的，治愈的；她也是忧伤的，痛苦的，无奈的，隐藏着什么的。

那么，我们终有一天能够避免人类的背叛

吗？不知道。我只以为，人类始终有着向往真诚的心灵趋向，人性的基因里保存着这样的密码。因此，我们有了诗歌、音乐、祈祷，有了信仰，有了艺术，所有这些化解受伤者心灵疤痂的解药中，包括这每天傍晚都会响起的108声的南屏晚钟……

2023年10月2日

火烧净慈寺

传说阴历六月廿三是火神的生日。

这一年六月廿三，是一个赤日炎炎的大热天，可是到南屏山净慈寺来烧香拜佛的人比往常多，大家烧香磕头，求火神不要降火灾，保佑大家四季平安。

到快吃午饭的辰光，净慈寺山门外来了一个年轻漂亮的姑娘。这姑娘穿一身红绸裙，手撑一把小阳伞，一双乌溜溜的眼睛东张西望，慌里慌张地就像有人在后边追着她似的。

这时，济颠和尚正住在净慈寺里哩。不早不晚，恰恰这个时候，他从镬灶间里冲出来，一手拿着一根竹棒，也不说话，伸开两臂拦住山门，不让那姑娘进来。那姑娘往东钻，济颠就向东拦；那姑娘向西蹿，济颠便往西挡。弄得那姑娘面红耳赤，满脸都是汗珠，一些烧香拜佛的人见济颠竟在大庭广众之下调排妇女，就都哄了起来。

当家老方丈听到外面喧嚷得很厉害，扶着拐棍慌忙从里面赶出来，见济颠这样胡闹，便大声喝道："济颠，你像不像个出家人？还不给我走开！"

济颠扭过头来，笑嘻嘻地问老方丈道："师

父呀，你说说看，是有寺好还是没寺好?"

老方丈把话音听岔了，没理会他的意思，就骂济颠道："多嘴，我们出家人多一事不如少一事，当然是'没事'好啰!"

济颠叹口气道："师父呀，等到'没有寺'了，你不要后悔呢!"

老方丈听也不听，就拿拐棍敲济颠说："'没有事'，我正巴不得哩! 你少在这里啰唆，快给我走开! 快给我走开!"

济颠见当家老方丈这么一说，就把两根竹棒往胳肢窝下一夹，独自走开了。

那穿红绸裙的姑娘刚走进大雄宝殿，往人群中三挤两挤就不见啦。这辰光，忽地刮起一阵大风，有只红蜘蛛从大殿正梁上挂下来，不偏不斜，正好落在点着的烛火上。只听呼的一声，烛火四射，大殿里立刻着起火来。风助火势，火借风威，一霎时就把个金碧辉煌的净慈寺烧成了一片火海。

许多香客跟和尚东逃西躲没处藏身，看看只有殿后那一间柴房没烧着，大家就你推我挤地往那里奔。推开门一看，呀，只见济颠跷起两条腿，躺在草堆上困得正香甜哩。大家七手八脚地去推他，济颠揉揉眼皮翻个身，迷迷糊糊地说："莫吵，莫吵！你们吵吵啥呀？"

大家把他拖起来，大声说："火都烧着眉毛啦，你还在困大觉哩！"

济颠也不回答，只嘻嘻地朝大伙儿憨笑。

老方丈一见也火了，说道："寺院烧掉了，

人家哭都来不及，你还乐哩！"

济颠说："哈哈！这就要问师父啦！"

老方丈听了，摸不着头脑，就问济颠是怎么一回事。济颠这才说明："刚才那穿红绸裙的姑娘是火神变化的，她今天午时三刻要来烧净慈寺，我不放她进来，想耽误过时刻，这火便烧不成啦。"

老方丈听了着急道："哎呀呀，我怎么知道，那你为啥不早点说呀？"

济颠说道："还怨我不早说呢？——我拦也拦了！大家都哄我，刚才我还问师父，师父不是说'没寺'好吗？哼，你不是还拿拐棍敲我嘛！"

老方丈这时才弄懂：原来自己一时心急，

把话音都听错了。真是又惭愧又伤心，忍着眼泪说："咳！我还当你说的是事情的'事'哩，要知道是寺院的'寺'，怎么会说，多一寺不如少一寺呢？唉!"